KB106819

사랑법 2

藝島人 仁泉 김민재 시집

불교문예 불교문예출판부

■ 시인의 말

  그림을 그리고 글을 쓰는 일은 두 어깨를 누르는 보이지 않는 절망이었는지도 모른다.

  오십년 넘게 목발을 짚었고 붓을 들고 그림을 그리고, 두 어깨가 두 발 노릇까지 하였으니, 어깨는 망가지고 고관절도 망가져 나를 지탱해주던 목발마저 짚지 못하고 이제는 휠체어에 의지하게 되었다.

  흘러버린 세월만큼 망가진 내 몸을 보며 그래도 희망을 가져보는 것은, 나를 여기까지 데려오고 나를 버티게 해준 목발과 지금 나를 지탱해주는 휠체어처럼, 남은 세월 나에게는 그림과 시가 있다는 사실이 위안을 준다.

  세월이 흐르면 내 글도 세월만큼 성숙하고 울림이 있으리라 생각하고 미루고 미루다, 마음먹고 책을 만들기 위해 원고를 매만지다보니 망가진 어깨와 고관절의 통증이 몰려온다.

  언제쯤 마음에 쏙 드는 글을 자신 있게 내 놓을 수 있을까?

  글로 작품으로 말하고 감동을 전해야하는 예술을 한다는 사람이 이렇게 자신이 없으니 이 또한 죄를 짓는 일인지 모른다.

  하지만 보다 깊이 있고 감동을 줄 수 있는 더 완숙한 작품을 만들기 위해 죄를 짓는 일이라 변명하고 싶다.

  늦은 나이에 결혼하여 얻은 세상에서 가장 예쁜 큰딸 소연이, 둘째 선형이 늘 가까이에서 사랑으로 감싸주는 반려자 장숙례에게 이 책을 전한다.

2019. 10. 仁泉 김민재

차례

제2부

제3부

제4부

제5부

제6부

제1부

미련

마음 가득한 사랑

어렵사리 보냈는데 다시는

추억하지 않는다

등을 돌리고

걷는데 또다시

자리하는

가슴 뜨거운 눈물

불혹

한
치
앞 모르고
아직은 젊다고

사랑도
나중 일이라며
살았는데

그리움
딛고
순
간
지나가는 무심한
세월

봄

간다
이리 잠시
짧게
머물다
간다

그래도
다시
돌아온다고
기약 두고
간다

악몽

지난
밤
꿈에
당신은 보이지 않았습니다

신
비
함
이
가득한
아름다운
꿈에

모순

손에 잡히지 않는 것들은 움직이지 않는다

손에 잡힐 듯 가까운 것들만
가속이 붙어 멀어지고

청춘

어쩔거나 어쩔거나
이리 환장하게
꽃은 피었는데
기다리지 않아도
애태우지 않아도
이리도 만발한데

어쩔거나 어쩔거나
저 꽃 다 떨어지면
허전한 마음 또
어쩔거나

4월

처절하게 아름답게 피어있는 꽃이
왜 이리 슬프더냐.
선지 빛
철쭉이
시리도록 하얀 철쭉이
왜 이리
처절하게 슬프더냐.

멀어지는 희망 앞에서
그래도
희망을
기다리는
안타까운 절망

처절하게 아름다운 꽃처럼
환한 미소로
다시 만나야하리

기어코 다시

웃으며 꽃을 보아야만 하리

희망 찾기

누구인가
남은 날들
두렵게 만든 이

잠시 머물었던
사랑
감추려 해도
솟아나는 그리움

아프다

빈 가슴에서
만나는 추억은
영혼에
맑게 고이는
슬픔

낯설다

그대 없이도
살아지는
그대를 향해
더욱 또렷해지는
느낌

그대 없는
그리움
이렇게 커 가는데

봄비

겨우내 떨던 가지에
사랑을 지핀다
선지 빛 핏방울
조심스레

메말랐던
가지 끝
푸릇한
미소 띠고
꽃이 피려나
잎이 나오려나

땅이
흔들린다

고사목

그리움에
서러움에
잎이
말라
앙상한 가지만 남았나

그리움에 毒오른
사랑처럼.

춘란을 보며

눈 뜨면 들여다보고
물 주어 보살폈더니
힘겹게 꽃대 올려
어렵사리 핀 꽃 한 송이

어렵사리 피운 만큼
오랫동안
피어있길 바랬는데
무심하게 시드는 건
한 순간

아쉬움 남기고 지는
꽃처럼
가슴에 담은 사랑
잊는 것도
순간이라면

제2부

…에 대하여 1
— 인연

어디서

만난

걸까

무척이나 낯이 익은

어디서

보았을까

무척이나

정이 가는

…에 대하여 2

눈물 나도록
화창한
매화꽃
흐드러진 날

한 잎
두 잎
흩날리는
매화꽃
보며
쓴웃음
짓는다

…에 대하여 3
− 老父

어느 날 문득

당신을 보았습니다

더 이상 그릴 수 없는 주름

가득한 얼굴

말라버린 두 다리

앙상한 팔뚝은

그 옛날 선망하던

모습 간데없고

초라한 촌로였습니다

팔십 평생

가난과 싸우고

흙과 씨름하며

자식 밖에는 나 몰라라

살아온 당신

어쩌면 초라한 촌로의 모습은

지금 당신의
마지막 훈장인지 모릅니다

자식 낳아 키워보아야
부모 맘 알 거라던
그 말씀 이젠
조금 알 거 같은데
쇠약해지는 당신을 보며
편히 쉬시라는
말 한마디 못하고 돌아서서
먼 하늘을 바라봅니다

당신의 젊은 날을 조금이라도
돌려드리고 싶은데
아무것도 할 수 없는 지금
또다시
하늘만 바라봅니다

…에 대하여 4
– 연인을 그리며

지금은 조금씩 잊혀져
가는
한 땐
그리워하고 그리워했던
한 사람

한 순간도 머릿속에 떠나지 않던
사람이었는데
절대 잊히지 않을 사람인 줄 알았는데
서서히 잊혀져 가는
한 사람 때문에
내 또 다른 모습을 본다

내가 그리워하고 사랑한 그 사람도
나를 이렇게 잊어가는 걸까
한 사람에게 내가
이렇게 잊혀간다는 게
또 내가 한 사람을 이렇게 잊어가는 게

세상의 순리라지만
안타까움이 앞서는 건.

…에 대하여 5
― 여인

불혹 넘긴

변함없는 아름다움과 젊음을

지니고 당당하던

그대 보며

못내 가슴 저려

하고 싶은 말 끝내 못하고

돌아서 버린

이 마음

…에 대하여 6
‒ 미련

칼바람

몰아치는

소한

이틀 전

수로에 낚싯대

담그고

하루 종일 미동 없는

찌만 바라보다

낚시가방 챙기며

공허한 웃음 짓는다

…에 대하여 7
− 이별

그리움으로 자리했던
사랑 하나 이제
떠나려 합니다

떠남을
슬퍼하지 말라고
말해주던 그대는
아직은 사랑의 열정으로
남아있는 진한
살내음입니다

그대의 행복을 위해
떠나야 하지만 떠남이 아쉬워
자꾸 뒤돌아보는 건
다시 돌아올 수 없다는
아쉬움인가 봅니다

사랑했던 기억이

잊혀질 때쯤이면

다시 또 사랑은 시작될 것이고

사랑은 또

아픈 기억을 만들 것 같은

두려움 때문에

절벽에서도 다시

놓지 못하는

사랑

…에 대하여 8
— 희망

허망한

기다림에

가슴 아픈

서러운 꿈

절망

끝에서 만난

그대

비수처럼

꽂혀

숨

쉰다

…에 대하여 9
− 세월

언제까지나

젊음으로

청춘으로만

찬바람 막아주고

아픔 달래줄 줄 알았는데

어느 날

문득

그대 얼굴을 보니

아차 하는 생각이 드는 건.

…에 대하여 10

　한 번쯤은 잊을 법도 하지만 그렇지 못하다. 늘 혼자 있음이 마음을 짠하게 하고 그리 건강치 못함이 안타깝게 한다. 늘 전화기를 들지만, 전화선을 타고 오는 조금은 서글픈 듯한 목소리가 가끔은 울먹이는 목소리가 내내 가슴에 자리하고, 보고 싶다는 말엔 끝내 코끝이 시려 온다. 어차피 견우직녀 사랑으로 시작한 만남이고 사랑이었지만 그래도 안타깝고 또 만나고 사랑해도 또다시 허전해지는 마음은 끝내 떠날 줄 모르고 오늘도 밤을 지새 울 수밖에

…에 대하여 11
– 청춘

팔순도 훨씬 지난

할매가 다 빠져버린

이 때문에

살맛이 나지 않는다고

돌팔이 이빨쟁이 찾아가

주름 가득한 얼굴에

이 하나도 없는 입

쩍 벌리고 나서

수줍은

얼굴로

배시시 웃더라

…에 대하여 12
– 낭만

가끔 등대 불빛에

가슴 떨림을

추억하기도 하고

잊혀진 사랑 그리워하기도 한다

가슴 저림은

사랑이 깊음인가

　세월은 가고

등대불도 아침이면

꺼지련만

늘 자리하는 아쉬움과 안타까움에

힘이 드는 이 사랑

…에 대하여 13
- 절망

어찌할 수 없는

그리움 키우며

문득문득

꿈꾸는

자살.

그리움에 지쳐 보고 싶다는 말도

아무런

위안이 될 수 없는

사랑

…에 대하여 14
— 술

아슬거리는 나신

눈앞에

아른거리고

나신 아래 흘러가는

이 시대의

청춘

…에 대하여 15

백수 다 하고
꽃상여 타고 가는
망자 보며
눈물 훔치는
할매

설움보다
부러움으로
자신도 가야 할 길이라고
애써 태연하며
미소 짓는다

제3부

사랑법 1

언제 걸어 다니고
글
읽을까 싶던
두 딸
유치원 다니고
글을 읽는다 처음으로
애비 이름 읽을 때
황홀함
아직도 짜릿하다

일요일 노모는 삼계탕 끓여놓고
전화기를 든다
애들 데리고 와 점심 먹으라고
짤막히 용건만 전하고
전화를 끊는다

그 옛날 먹었던 삼계탕 맛이다

두 딸내미 한 그릇씩

비운다 손녀가 비우는

그릇에 흐뭇한 노모는

한 그릇도

비우지 못하는

사십 넘은

아들 걱정에

한숨이다

먼 훗날 두 딸이

처음 애비 이름 읽었을 때의 황홀함과

삼계탕 맛을

기억할까

사랑법 2

늘 잊히지 않는 사랑
하나 있다 잊으려 할수록 더 더욱
또렷해지는
가끔씩은 잊힐 법도 하련만
항상
가슴 아리게 하는.

사랑법 3

덧없는 세월 속에
잠 못 이루는
사랑이 그리울 때
그리움
설움이 되고

설움은 끝내
죽지 않는다

그 사랑은
언제나 말이 없는.

사랑법 4

유모차에 앉아있다 또는
후들거리며 두어 발걸음
옮기다 넘어지는 동생
달려가서
등을 토닥이기도 하고
볼에 뽀뽀 하는
28개월 된 큰 딸이
15개월짜리 동생 챙기는 걸
바라보니
가슴 뭉클하다

사는 일에 바빠
멀리 떨어져
이따금 보는
동생에게
전화를 건다

사랑법 5

멈추어버린 희망
다시 살아
꿈틀대는 절망 앞에
내 혼은 끝내
울어버렸다

시간 밖으로
뒷걸음하는
꿈과 희망
절망이
어스름 새벽
신음으로 다시 일어선다

두어 평 내 방안에
죽은 사람이 있었나 보다

사랑법 6

늘 그랬던 것처럼 상여를 볼 때는 우울하지만
오늘은 눈물이 앞섰습니다.
그 눈물은 정녕 서러워서가 아니었습니다.
마지막 가는 망자 명복 빌고 싶었지만 차마
그 용기도 생기질 않아
상여가 보이지 않는 곳으로
피해야만 했습니다. 너무도 서러운
한 많은 삶 기구한 운명이 안타까웠고
형언할 수 없는 슬픔으로 밀려왔습니다.
한 많았던 삶은 어쩌면
우리네 어머니 모습인 줄 모릅니다.
젊디 젊은 나이에
떠나 버린 남정네 원망할 겨를도 없이
다섯 자식 키울 걱정에 두발 동동거리고.
자식들 무사태평, 성공 위해 부처님 앞에
관세음보살 되뇌며 평생 살다
두 어깨 짐 조금 가벼워지니

북망길에 올라 버린

애끓는 상두꾼 만가가 서럽고

상여 지켜보며 명복 비는

상여에 매달린 꽃봉오리들이

측은하기만 한 상여 앞에

오늘은 눈물이 앞섭니다

관세음보살 부디 극락에서 복락 누리소서

극락왕생 누리소서 관세음보살 관세음보살

사랑법 7

잊히지 않는
잡힐 듯 잡히지 않고
애만 태우던
그대에게
추억되기
싫었다

끝내 그대에게
말할 수 없는
사랑처럼

사랑법 8

두 살배기하고 세 살배기 딸내미가
서로서로 챙긴다

두 살배기 동생 넘어지니
부리나케 달려가
쓰다듬고 어루만지며
제법 언니노릇 한다

언니라고 어리광 부리고
눈물 뚝뚝 흘리며
알아듣지 못하는 웅얼거림으로
언니에게 하소연하는
두 살배기 딸이 믿는 언니는
사십 먹은 애비는 알지 못하는
하늘이다

사랑법 9
― 희망 그리고 자유

이 순간 자유를 탐닉한다

오늘도
생존을 위해 타협하며
치유되지 않을 상처 가슴에 새기며
얼마나 깊은 한숨
들이쉬는지 모른다

문득 절망이란
깊은 수렁에서
소주잔 기울여보지만
그래도 절망보다
희망을 보아야 하지 않느냐는
말을 되뇌어 본다

이 순간 자유를 탐닉한다

이 밤이 가면 다시 타협하고

상처를 새길지라도

절망보다는 희망이라며

이 순간 자유를 탐닉한다

사랑법 10

1.
인간 생명 어디가 끝인 줄
알지 못한다 그대가 그렇고 내가 그렇고
아니 알려고
하지 않는지도 모른다
서른 조금 넘은 나이에 서방님
애끓이며 보내고 젖먹이까지
줄줄이 다섯 자식
끌어안고 미처 슬퍼할 겨를도 없이
숨 가쁘게 살아온 세월 다시는 생각키도 싫은
서러운 세월 보내고
이젠 한숨 돌려도 좋을 이때
하늘도 원망스러워라 믿고 의지한 부처님도
야속해라
튼실한 육신 하나로
헤쳐 온 세월인데 이리 허망케 허물어진다니

2.

그랬다 인간이 언제까지 살 수 있다는 걸 알았더라면

이리 애통해하지 않으리

그 누구도 다 알고 있다 생명의 유한성을

그 유한성은 알지만 끝나는 날은 알 수 없는 한낱

겉핥기 식 알음이다

알아도 어찌할 도리 없는

인간의 생명 앞에 나약함을

느끼며 다시 한번 울음을 삼킬 뿐

바람이 몹시도 차가운 대한이 지나가는 날 당신은 그렇게

떠나간다 당신의 다섯 자식과

당신을 지켜보는 이의 가슴에 미련하나 남기고

추억하기 싫은 서러운 삶이 싫어 그리 급히 떠나는가

한 많은 삶을 접는가 그대 설운 삶이여

사랑법 11

언제나 본척만척하지만

그래도

반갑다고 꼬리 흔들며

껑충껑충

뛰는 그래서 조금

미안한 마음 생기는

오늘은

내 한 몸 챙기기 힘겨운 날

제4부

환절기

베란다에서 이른 아침
피워 문
담배 맛이 다르다

자꾸만 몸은
움츠러들고

들판
비어 가는 걸
바라보는
마음

담배 맛을 잃게 하고 있다

소망

멀리 떠나서, 어디론가

사랑도 증오도
가난한 이도 부자도 없는
그런 곳에서
탈 벗고

그저 황홀한 붉은 노을로
남을 수 있다면.

현실

입으로
희망을
말하지만

머릿속엔
절망만
가득하니.

바람이 되어

새벽녘
홀로 깨어
어둠을
살핀다

멀리 멀리
멀어져 가는
어설픈
꿈은 비웃음으로
나를
슬프게 하고.

조간신문

출근 전
잠시 들여다보며
세상
잠시 걱정하다
그냥 덮고
세상으로 들어간다

얼마 지나지 않아
거들떠보지 않을
기름 냄새나는
세상만사
뒤엉켜
헐떡거리지만
순간이다

하루 지나지 않아
폐지될 조간신문 한 쪼가리

한구석에

들어가

순간 내가 머물렀던 내가

쌓이는 폐지 더미에 있다

삶의 시간

순간 행복 위해
오랜 기다림 있었다는 걸
아는 이
몇 될까

순간 행복에
잊고 사는 그리움

독백
－ 산다는 건

이 한 세상
좋은 일 궂은 일
겪고 헤쳐 나고
살아보고

죽음
앞에서도 풀지 못한
의문

초라한 영혼이
붙들고 가는
욕망이고
고집이다
아니 지겨움이다

막다른 골목에서
다시

한 번 비웃는

서글픈 희망이다

분노

기억할 수 없는
꿈은
나를
슬프게 한다
불면으로 시달리다 잠든
새벽녘
아스라한
꿈은
기억나지
않고

끝내
기억나지 않는
아스라한 꿈은
오늘 하루 두통으로
남아
나를 슬프게 한다

허상

사랑이 말라버린
메마른 거리
한복판에서
너를
찾는다

찾아 헤매는
꿈은
내 영혼의
서글픈 넋두리

고뇌

슬퍼할
여유도 없이
살아가는
지금

그리움
무엇인지
고독이
무엇인지

다시 서글퍼지는.

인생

늘 뜨거운 피가

돌고 있어

말이

필요 없는

몸부림으로

하나 되는

맥박.

그러나 죽은 다음

가장

먼저

흙이 되어

돌아가는 것.

제5부

취중 편지

증오의 날 세워
분노 가득한 편지를 쓴다
받는 이 없어 보낼 곳도 없는
편지를
술에 취해 쓴다.

싸늘히 식은 가슴에
뜨거운 정
조절되지 않는 감정

허망한 이 시간
취중 편지는
받는 이 없어 보낼 곳도 없는데
이른 아침
쓰라린 속이
취중 편지를
거부한다.

변명

절망뿐인 거리에서 희망을 찾는다

절망 속에서
다시 보는
내 영혼

오늘도
다시
내일을 꿈꾸는
서러운 희망

序 · 1

두드리면 열린다는
진리를 구하려 기도했으나
열지도 깨닫지도
못한 채
반항의 진리를 배워야 하는가
쥐불 하나 놓지 못한 냉방에서
무릎 꿇고 앉았어도
허기진 가슴을
열 수 없었다.
어떤 밤에는 정신병자처럼
빈 잔 기울이며
나의 육신 밑바닥을 핥아야 했다
내 모든 것이
어둠으로 채워질 때
사랑도
미움도
나의 숨소리까지도
한 방울 피를 찍고 있었다

장마

변함없이 반복되는 일상이
가득 널려있다
이리저리 흩어진 월간지며
구겨버린 영혼
조각 부스러기들이
안타까운 눈초리로 바라보고
한때는 사랑도 했고
한때는 미워도 한
그래서 더욱더
잊히지 않는 그리움들이 널브러져
희망을 잃은
피곤함이 가득할 뿐이다

삶의 시간 2

숲속 나무는 고독하다

순간 행복은
오랜 슬픔으로 준비된다는 것을
아는 이 있을까

가슴 깊이 멍들게 한
눈물
새벽녘에 사라지는 별들은
안다

누구도 대신할 수 없는 운명
하루를 견뎌내야 하는
숲속
나무들의
고독함을
외로움을 우리는 모른다

섬

캄캄한 밤
파도가 밀려와
내 가슴 속은
푸른 바다 되었습니다

그곳에
기다리던
그대
환하게 웃고

출렁이는 그리움

그대
사랑 그리운 내 마음이듯
내 영혼은
푸른 바다가 되고 싶었는지 모릅니다

모순 2

방황을 했다
덧없는 하루 보내며

휴식 없는 꿈
침묵만 강요당할 뿐
보이지 않는
신기루는 멀고

정오의 태양은
기우뚱한 시선을 땅 위에 꽂는다

혼돈스런 현실과는 아무런
상관이 없고
안락한
미래 보이지 않음에
가슴 아파하는
어리석음에

하루를 보내는

이 불안한 시간의 흐름이
멈추는 그날은 언제일까

詩는

슬픔이
많은 사람이
한이
많은 사람이
시를 쓴다지요

설움도
그리움도
사랑도 모르는
사람이
시를 쓴다고

말도 되지 않는 말로
말장난하는 게
시는 아니지요

지금은

첨찰산 등산로
잔설 머금은 흙은
갈색으로 빛나
틈 사이마다 하품이
한창이다

햇살 흔들리고
서걱거리는 발길만
그림자 따라다닌다

시키는 이 없어도
새순은 돋아
나와는
상관없는
봄이 되고

가슴 뚫린 하늘
산까치가 나른다

다시, 그리움

잠시 잊었던 그대
순간 생각하다
눈물 맺혔습니다

쓸쓸합니다 방랑자 되어
떠나는 그대 생각에

홀로
지울 수 없는 그리움
안타까워 설움 되고

잠시 잊었던 그대는
아직 내 가슴에 살아
나도
모르게
눈물
맺혔습니다

다시 희망을 꿈꾸며

— k시인에게

아득한 희망은
차라리
아무런 가치가 없지
핏발선 눈으로
늘 취해
희망이 없다는 그대는
희망을 찾으려
실낱같은
생명줄 잡고 있는지 모른다
눈을 뜨면
또 얼마를 시달려야
할지 모른다며
다시 술잔을 들고
서너 평 방구석에서
실낱같은 생명줄을 잡고
파지를 만들고 있는
그대가
나를 슬프게 한다

누가 기다린다고

여인이 갔다.
그리도 춥던 겨울 다 보내고
입춘 이틀 남기고
한 많은 쉰셋 인생 접었다. 누가
기다린다고 누가 반긴다고 꽃망울 준비하는
그대 집 마당 목련 보지 않고 떠나는가.

전생에 무슨 죄 그리 많아. 사지 비비 꼬이고
손은 손대로 발은 발대로 머리는 머리대로
따로따로 말 한마디 하려면 죽을 힘 다해야
겨우 한마디 하는 천형 보듬고
그래도 하루하루 견디며 살아내더니만
며칠 더 기다렸다
그대 집 마당 목련 배웅이라도 받고 가지

결혼이라 한 것도 신방도 차리지 못하고 끝나버린
안타깝고 서글픈 인생

가슴으로 가슴으로 그리 버티어 내더니
그 한이 그대를 가두었나

서럽고 외로운 쉰셋 인생 홀로
한판 벌였다가 또 홀로 판 접고
마지막 가는 길
쓰디쓴 소주 한잔 따라줄 사람도 없이
차디찬 냉동고에서
그 뜨거운 불길로 들어갈 시간 기다리는가.

그대 부음 접하고 그대 집 앞 지나다
멈추고 본 목련
급히 꽃망울 불러들이고 있는데
그대 집 마당 목련 피면
누가 볼꼬.

고목

언제 이 욕망의 끝은 올 것인가
온몸에 신열 펄펄 끓어오르고
잘리고 찢겨 성치 못한 몸은 어느새
봄을 눈치 채 물이 오르고
파릇거리며 눈뜰 채비 마쳤다

헤아리기 힘든 나날 지내오며
사랑도 했고
미워도 하며 지나온 세월
이젠 봄을 반기기도 조금은 귀찮은데
파릇거림이 싫지 않은 건 아직도
꿈틀거리는 욕망이 남았음일까
어디쯤에서 이 욕망은 끝나려는가

온몸이 찢기고 썩어들어 가고
잎을 피워도 그늘 하나 제대로 만들 수 없는 몸인데
꿈틀거리는 욕망 어찌하지 못함은

아직 남은 미련이 너무 커서일까

내 살아온 오백 년이 넘는 세월
온갖 풍상 견디고 온갖 구경 다 하고 살았건만
오백 년이 넘는 세월 사랑도 미움도
가슴에 담았다 비우기를 수천 번
이젠 미련 없이 버릴 때가 되었는데
아직 봄을 느끼고 몸이 꿈틀거리는 건
버릴 수 없는 욕망 때문인가
아직 사랑이 부족해서일까
언제쯤이나 이 욕망의 끝은 올 것인가

어떤 변명

허물없는 친구와 술잔 부딪치던
지난날 그립다

이제 환갑 바라보는 나이

끼니마다 밥보다 많은
약 삼키다 보니
밤새도록 술잔 기울이며
인생 영화 한 편
장편 소설 한 편 만들어 내던
그 기백 허세
그리운 시간이다

받기 싫었던 기별
저 세상 갔다는 친구 부고
쓰디쓴 소주 한잔
기울이며
오늘 난 마시기 싫은 소주를 마신다

고도

내 가슴에 상처를 남기고 가려거든

내 가슴에 정을 심지 말라

내 가슴에 그리움만 남기고

내 가슴에 설움만 남기고 가려거든

아무도 오지 말라

잠시 잠깐 스쳐 가려거든

그리움일랑 정일랑 남기지 말고 다시 올

약속도 하지 말라

끝없는 기다림에 익숙하지만 그래도 그립고

기다려지는 이 마음 정도 싫고

사랑도 다 싫다

아무도 내 가슴에 상처를 남기지 말고

정도 그리움도 설움도 남기지 마라 모두

모두 가지고 떠나라

홀로이고 싶다 늘 그랬던 것처럼

모순 3

호미처럼 굽은 허리 이끌고
호미 들고 나서는
구십 가까운 옆집 아짐
정확하게 잡초만 뽑아내고
뽑은 잡초 시들어도
시들지 않는 연륜 빛난다

환갑도 되지 않는 이 몸
눈 뜨지 못한 이른 새벽
마당에 묶여있는 개 짖는 소리
옆집 아짐 일 나가시는 가 보다
비몽사몽간에도 알 수 있다

낫 놓고 기역 자 몰라
스마트폰에 자식 이름 떠도 읽을 줄 모르니
자식들 사진으로 알아보고
숫자 몰라 장남이 입력해준 전화번호

순서대로 눌러 통화한다

순서대로 누르는 기억력과
정확한 시기에 씨 뿌리고 풀 뽑아
풍성한 결실 얻고
발자국소리로 구분해
짖는 소리가 다른 우리 집 개

설명되지 않는 이 모순들

풍경

안개가 아침을 누른다

읍내 시가지가 내려다보이는 남산에서
시름 실은 담배 연기를 날린다

몇 스푼 더 넣었는데도 커피가
쓰디쓰기만 한 것은
지금 내 심정
웃자 한다고
웃음으로 화답할 수 없는
푹신한 소파는
대못으로 가득하다

숨 막히는 현실 앞에
막다른 골목에 몰린 쥐가 되어
고양이에게 달려들고
분노한 쥐는 고양이를 휘잡는다.

제6부

인생

너무 느리게 달려도
너무 빠르게 달려도 안 되는
고속도로
길마다 정해진 속도가 있다

잊고 달릴만하면 나타나는 규정 속도
계기판은 이미 범위 밖으로 벗어나 있고
빨리 달리라고
달라붙는 차들
한 방향으로 달리지만
어느 순간
제 갈 길로 떠나야 한다

앞에 보이는 휴게소로
신호 넣으면
순간 가속 붙여 달리며
비웃는지 갑자기
뒤통수가 뜨거워진다

진리

흔히 쉽게 하는 말
나중에
농사나 지으며 살아야겠다고
말하지 말라
똑같이 땅 파고 씨앗 뿌려도
가을에 보면
알 수 있다
정직하게 땅 가꾼 이만이
풍성한 결실 얻는다는 사실

뙤약볕 아래 풀 뽑고
뒤돌아서면
언제 뽑았냐는 듯 다시 수북한
풀

농사나 지으며 살아야겠다는
사람들은 절대 알 수 없는 진실

동령개에서

늦가을 살 오른 감성돔 탐해 낚싯대 챙긴다

한적한
동령개 방파제
새우 하나 꿰어 낚싯대 던져두고
담배를 문다

낚시꾼 실어 나르는 선외기 주인
은근히 낚싯배를
타 주었으면 하는
눈치 보내지만
찌만 바라본다

가슴 터지는 일상
잠시 접고
찌만 바라볼 수 있는 이 여유는
저 바닷속 수십 가지의

물고기들과

그 속에서 유유히 헤엄치는 살 오른 감성돔이

주는 선물이다

가을 햇살은 하루 종일

벗 해주고

가슴 떨리는 입질에

낚싯대 움켜쥐어보지만

허탈한 웃음 나오는 건

살 오른 감성돔이 아니어서만은 절대 아니다

봄 2
— 이렇게

마당 옆 저수지 물안개 오르면
겨울 견뎌
눈 뜨는 홍매
봄이 멀지 않음을 알린다.

입춘 지난 지 한참이지만
아직 쌀쌀한 기운에
몸이 움츠려져
이불 아래 뒤척이는 사이
봄은 벌써 와있다

낚시

고독한

사랑 하나 던져두고

가슴

뜨거운 사랑

기다리는

난

바보

쉬미, 그리움 하나

모두 떠나고
짭조름한 소금기만 남아
하루 두어 번 지나는 신해호나
낚시꾼을 기다리는
쉬미에는
그리움이 있다

점점이 박힌 섬들 사이로 멀리
돋아나는 파도는 이제
감성돔 하나
불러들이지 못하고
바람에 이는 포말만이
외로움 쌓여 날린다

비 내려 젖은 바다는
한때 화려했던 추억에
미소 짓고

낚싯대 드리웠던
조사釣士는 가방을 닫는다

초라해져 가는 쉬미가
애틋해짐은 내 가슴에도
설움이 쌓여가고 있음이다

쉬미항에서

한때는 사람 사는 냄새가 나는 곳이었는데
한때는 드나드는 차들과 여객선 화물선으로
분주하던 곳이었는데
드러난 뻘밭처럼 황량하기만 하다
경비정 한 척과
몇 마리 잡어라도 잡기 위해 드나드는
노부부의 낡은 배뿐인
쉬미항에서 낚싯대를 펼친다

물때만 잘 맞추면 담그기가 바쁘게 돔이며 우럭이
짜릿하게 했는데
이제는 물때를 잘 맞추어 낚싯대 담가도
하루 종일 찌는 움직임이 없다
움직이지 않는 찌만 바라보다
낚싯대를 챙길 때쯤이면
모래 싣고 들어오는 채취선이
다시 쉬미항을 숨 쉬게 한다

목련

알몸으로
온통
화사함의
극치만
누리다

한
잎
한
잎

꽃잎 떨구는
그대

가는 봄
화사함으로
잡지 못 하는가

이제는

엊그제 면허 딴 딸내미와 차에 오른다

내 자리는 운전석에서

조수석으로 바뀌고

딸내미는 상큼하게 스마트키를 누른다

주인 바뀐 지 알지 못하는 차는

경쾌하게 시동 걸리고

딸내미는 자신 있게

엑셀을 밟는다

조수석에 앉은 내 마음은

두근두근 방망이질하는데

아는지 모르는지

딸내미는 콧노래 부르며

속도를 올린다

내가 처음 면허 따고

차 몰고 나갈 때

방망이질하는 가슴 몰래 숨기고

들어올 때까지 애간장 녹였을

부모 마음

환갑이 낼 모레인

이제 조금 알 수 있으니.

세월

이른 아침 물 때 맞춰 낚시가방 챙긴다. 미끼 새우
한통 사서 담고 낚싯바늘도 여분 준비하고 얼려놓
은 물 챙겨 넣고 바다로 간다. 오늘은 오늘은 하면
서 간다. 밑밥 살살 뿌려놓고 낚싯대 펼쳐 새우 한
마리 끼운다. 물 때 잘 맞은 물은 서서히 차오르고
조그마하지만 그래도 돔 한 마리씩 낚싯바늘을 물
고 나올 때의 짜릿함에 잠시 잠깐 머리 아픈 세상
사 잊고 웃어도 보는데 한구석을 아리게 자리하는
서글픔은 무엇일까? 낚아내는 것보다 먼저 비워내
고 추슬러야 할 마음 어쩌지 못하고 걸려 나오는
돔에 눈이 멀어버린 내 모습에 아차 싶다. 다시 움
직이는 찌는 나를 유혹하고 그 유혹은 낚싯대를 움
켜쥐게 한다. 저 넓은 바다에 몇 마리 몇 종류의 물
고기가 있을지 모르지만 마냥 드리우고 기다린다.
어쩌면 그 기다림은 끝끝내 내 마음에 자리해 떠
나지 않을지도 모른다. 몇 마리의 고기를 낚아내려
밑밥을 뿌리며 세상을 살아야 할지 모른다는 안타
까움에 가슴 아린다.

민들레

길 가다 보고도
예쁘다 생각해 본 적 없고
우연이라도 관심
갖은 적 없었다

땅 닿을 듯한 짤막한 몸뚱이에
노랗게 꽃을 달고 있는
그 모습이
슬프고
돌 틈 자리 애처로워
못 본 체할 수 없었다

앙증맞은 노란 꽃
향기
맡아본 적 없어도
몇 날을
그렇게

민들레는 웃고 있었는지
아무도 모른다

이른 봄날
민들레 노랗게 꽃 피우면
겨우내 덮었던 이불
무심히 걷어낸다

분갈이

기십만 원 하는 춘란 다섯 분
사다 금이야 옥이야
보살피다가
몇 달 만에
새순 올라와
내 맘 들뜨게 한다

한 분 더 늘려보려는 욕심으로
화분을 사다
뒤엎고 갈라본다
서너 개가 더 늘어난
난분을 보며
슬며시 웃는 내 모습

내 마음 깊숙이 꿈틀거리는 욕망에
문득 올려다 본 하늘
황사 섞여 검다

베란다 아래 늘어진

소나무 하품하고

푸른 솔잎 하나 떨어진다

관심

단풍잎 떨어지다 아니
벌써
모두 떨어뜨리고
나무는
외롭다

오래전 잎 보낸 나무

마
지
막

단
풍

이제
눈에 보였을꼬

절망

봄이라는데

봄이어서
대지는 푸른데
푸른 대지는
푸른 수의를 입은
거대한 묘지

신음하는 신록이
너무 고와 슬프고
푸르고 푸른 대지
묘지 같은 대지일지라도
희망을 뿌려야하는데

내 가슴 저
깊은 곳에 담은
절망 너무 깊어

잠시도 머무르지 못하는
희망 어디에 있는지
보이지 않아
푸르른 봄날 절망에
몸서리친다.

근황

거리는 희망이 보이지 않는다

철마광장 사거리에
부산히 오가는 사람은
오직 미스 최, 미스 박 뿐
얼굴에 희망이라고는
찾을 수 없는 무표정한 이들만
이따금 오갈 뿐 적막강산이다.

펼쳐드는 신문에는 절망뿐이고
한때 돈이 마르지 않는다던
김사장네 가게도 이사장네 가게도
하나 둘 폐업에 셔터 올린 지
아득한 가게들만 늘어나고 있다.
광장에 주차된 차에는
주인의 시름인 듯
먼지 가득 안고 있고

눈물조차 마른 창백한 눈동자
살아있는 날들이 두렵다

수십억. 수백억 하는 아방궁 같은 아파트에
산다는
선택받은 인간들이 산다는 곳은
너무 동떨어진 세상
기약 없는 꿈으로
지속되는 날들이 지루하다
하루하루 가슴에 비수를 안고 멍을 삼키며
사는 세상인데 이리도 현실은
멀어진 꿈으로만 보이니
어디서부터 무엇이 잘못되었는지
알 수 없는 안타까움이 슬프게 한다

시대적 아픔에서 발원한 비애의식의 정조

김선기 | 문학박사 · 시문학파기념관장

시란 대체로 그것이 시대적 현실이든, 아니면 개인적인 문제이든 시인의 결핍인식에서 발원한 희망 찾기의 양식이라 할 수 있다. 이런 측면에서 김민재 시의 시적 정조는 시대 현실에 기반을 둔 비애의식과 그로부터 벗어나 '꿈'을 찾고자 하는 시인의 몸짓이 곳곳에 드러나 있다.

김민재의 시에서 공통점으로 나타나는 기본적인 정서는 현실인식이 강한 '비애의식'이라고 할 수 있다. 다만 김민재 시적 비애가 작품 표면에는 서술되어 있지만, 시적 화자의 감정이 심층에 잠재되어 있음을 확인할 수 있다. 이런 관점에서 김민재의 시세계에 함축된 비애의식의 특성은 시대정신의 투영, 삶의 편린에서 얻어진 인간성 회복에 관한 것들이다.

제3시집 『사랑법 2』에는 감상적인 '눈물' · '슬픔' · '울음' · '침묵'이란 시어가 많이 사용되고 있다. 시인이 성장했던 시대적 상황을 들여다보면 그 원인을 어렵지 않게 찾을 수 있다. 김민재의 시적 비애의식은 문학청년으로서 1980년대 암흑기를 관통하면서 체험했던 시대적 아픔에서 기인한 것이다.

결과적으로 현실과 부정의식에 대한 서글픈 '시적 의식'을 갖게 됨으로써, 비애의 정서가 한층 강화되었다. 따라서 상처받은 현실의식과 서글픈 부정의식은 마침내 현실의 지배 이념으로 작용하면서 허무적 비애에 이른 것이다. 결국, 김민재의 시 세계를 관류하는 비애의식은 상처받은 현실의식과 현실에 대한 부정의식, 그리고 허무의식이 빚어낸 정서인 것이다.

문학은 시든 소설이든 희곡이든 인생을 제재로 삼는다. 시는 언뜻 보아 인생 문제와 관계가 없고, 다만 개인의 감정 유로流路에 불과한 듯 인상을 주지만 시 역시 인생 체험의 기록이다.

따라서 독자는 그 화자가 선택하는바 여러 가지 삶의 양식 중 한 방식을 놓고 혹은 공감하고 혹은 반발하게 된다. 훌륭한 문학작품은 예술성과 아울러 사실성을 지니고 있는데 예술성은 미의식을 일깨우고 사실성은 문제의식과 결부된다.

이러한 문학적 관점에서 김민재의 제3시집『사랑법 2』는 긴 시간을 갖고 꼼꼼히 읽을 만한 가치가 있다. 그의 시는 대부분 60년 가까이 살아오면서 체험한 삶의 보편적 가치와 현실에 대한 문제의식을 때론 리얼리즘적 관점에서, 때로는 삶에 대한 관조적 입장에서 세상을 바라보고 있다. 다음의 시「사월」은 삶에 대한 보편적 가치를 통해 사회현상을 통찰코자 하는 김민재의 시세계를 잘 보여주고 있다.

처절하게 아름답게 피어있는 꽃이
왜 이리 슬프더냐.
선지 빛
철쭉이
시리도록 하얀 철쭉이

왜 이리
처절하게 슬프더냐.

멀어지는 희망 앞에서
그래도
희망을
기다리는
안타까운 절망

처절하게 아름다운 꽃처럼
환한 미소로
다시 만나야하리.
기어코 다시
웃으며 꽃을 보아야만 하리.
　　　　－「사월」 전문

　이 시는 2014년 4월 16일 오전 8시 50분경 김민재의 고향 앞
바다 진도에서 침몰한 세월호에 대한 헌사이다. 이 사고로 미수
습자 9명을 포함해 304명이 사망했고, 급기야 2017년 3월 10일
제18대 대통령 박근혜가 파면되는 등 역사의 대사건으로 기록
되었다.

　세월호의 침몰과 수습과정을 누구보다도 가까이에서 지켜봤
을 시인은 '선지 빛 철쭉'이 '시리도록 하얀 철쭉'이 '처절하게 슬
프'다며 가슴을 치며 통곡하고 있다. 그리고 시인은 미처 수습되
지 못한 실종자에 대한 희망의 끈을 놓지 않고 '환한 미소로 다
시 만나야' 한다고 강한 의지를 내비치면서, '기어코 다시 웃으

며 꽃을 보아야' 함을 다시 한 번 역설했다.

> 팔십 평생
> 가난과 싸우고
> 땅과 씨름하며
> 자식 밖에는 나 몰라라
> 살아온
> 어쩌면 초라한 촌로의 모습은
> 지금 당신의 마지막 훈장인지 모릅니다.
>
> … (중략) …
>
> 당신의 젊은 날을 조금이라도
> 돌려드리고 싶은데
> 아무것도 할 수 없는 지금
> 또 다시
> 하늘만 바라봅니다.
> ―「… 에 대하여(老父)·3」일부

인간의 삶은 관계라 한다. 관계그물망 속에서 인간의 삶이 전개되기 때문일 것이다. 부모와의 관계, 형제와의 관계, 부부 사이의 관계, 친구들과의 관계, 자연과의 관계, 이러한 관계들을 제외하면, 삶에 남는 것이 무엇이겠는가.

앞서 말한 모든 관계는 수평적 관계에 해당한다. 수평적 관계 그물망을 설파한 하이데거는 이에 그치지 않고 수직적 관계에 대해서도 심도 있는 논의를 전개했다. 하이데거 논리로 김민재의 연작시「… 에 대하여」를 보면 대타적 관계, 즉 타자와의 관계 속에서 화자가 존재하는 것이다. 예컨대 부모와의 관계를 노래(「老父」)한 '초라한 촌로의 모습', '당신의 마지막 훈장', '아무것도 할 수 없는 지금', '또 다시 하늘만 바라'본다는 대목에서 화자의 심상이 그대로 드러나 있다. 김민재에게 있어서 늙은 부모와의 관계는 인식적 관계가 아니라 존재적 관계인 것이다.

가끔씩 서울을 갈 땐 이상하리 만치 야릇함에 가슴 떨리는 흥분을 느낀다. 시속160-70km를 가리키는 계기판을 볼 땐 아찔함을 느끼지만 질주하는 차 뒤꽁무니를 볼 때 엑셀페달에 힘이 가는 제어할 수 없는 본능은 어디에 있음인가. 아찔함 뒤에 오는 짜릿한 속도감에 취하고 마냥 이렇게 달릴 수 있다면 하고 은근한 기대감에 온몸이 떨린다. 늘상 변함없는 일상에서의 탈출을 꿈꾸는 어쩌면 그 탈출의 끝에 스스로도 주체할 수 없는 어떤 욕망이 있음에 분노도 해보지만 다시 잊고 살아가는 그 모습에 몸서리친다. 질주하던 속도를 다 느끼지 못할 때의 허탈감이란 또 그 허탈감 뒤에 감춰진 내 또 다른 모습에 귀향길엔 속도를 낮추어야지 하며 다시 고속도로에 올라서지만 나도 모르는 사이 어느새 엑셀레이터에 힘이 가고 있으니…….
　　－「… 에 대하여 · 10」 전문

자아성찰은 자기 스스로 자신을 돌아보는 반성적인 행위이다. 시인은 이 시를 통해 자신을 둘러싼 인간 세계에 관하여 성찰하고 있다. 그 출발점은 '나'에 대한 성찰이다. 자신의 모습을 정확하게 파악하는 데서 인문학적 사유는 시작된다. 내가 없다면 나를 둘러싼 '인간세계' 나 '자연세계'가 나에게는 의미가 없기 때문이다.

사람들은 누구나 욕망을 가지고 있다. 특히 우리들은 지긋지긋한 일상에서 벗어나고 싶은 욕망이 심하다. 아무래도 현실도피적인 생각을 평소에 많이 하기 때문이다. 이 시는 화자가 일상으로부터 탈출하고 싶은 강한 욕망을 담고 있다. 시적화자는 '제어할 수 없는 본능'이 분수처럼 솟아오르는 '주체할 수 없는 욕망', '일상에서의 탈출'을 꿈꾸지만 '질주하던 속도를 다 느끼지 못할 때의 허탈감'에 빠져 결국은 현실을 인식하며 '속도를 낮추'면서 '귀향길'에 올라야 하는 시적 화자의 허무의식이 복합적인 이미지로 다가온다.

멈추어버린 희망
다시 살아
꿈틀대는 절망 앞에
내 혼은 끝내
울어버렸다

시간 밖으로
뒷걸음하는
꿈과 희망
절망이
어스름 새벽
신음으로 다시 일어선다.

두어 평 내 방안에
죽은 사람이 있었나 보다

－「사랑법·7」 전문

 성찰은 당연하게 받아들였던 많은 것들에 관해 진짜 당연한
지, 왜 그래야 하는지 따져 보는 반성적·비판적 사고에 기반을
두고 있다. 그러므로 성찰은 사람들에게 생각의 필요성과 계기
를 만들어 준다는 점에서 인문학의 방법론이기도 하지만, 인문
학 자체가 인간의 삶과 행위에 관한 끊임없는 성찰이라 말할 수
도 있다.
 이 시는 시적 화자의 작가의식이 잘 드러나 있다. '나'를 찾기
위해 화자는 '나는 누구인가'를 스스로에게 묻고 있다. 이 질문
에 대한 답은 '시간 밖으로 뒷걸음' 하는 '꿈과 희망과 절망'이
'어스름 새벽 신음'으로 되살아나 시적 화자의 잠재의식을 끊임
없이 괴롭히고 있다. 결국 화자는 '두어 평 내 방'에 무의식 속에
덩그러니 놓여있는 화자, 즉 '죽은 사람'으로 변주되고 있다.

   출근 전
   잠시 들여다보며
   세상
   잠시 걱정하다
   그냥 덮고
   세상으로 들어간다.

   얼마 지나지 않아
   거들떠보지 않을
   기름 냄새나는
   세상만사

뒤엉켜
헐떡거리지만 내 머리에서는 순간이다.

하루 지나지 않아
폐지될 조간신문 한 쪼가리
한구석에
들어가
순간 내가 머물렀던 내가
쌓이는 폐지 더미에 있다.
　－「조간신문」전문

　막스 베버는 '신문은 사회적 거울이다'고 했다. '사회적 거울'로
통칭되는 신문은 사회가 아름답든지 추하든지 있는 그대로의 사
실의 모습을 비추어 주는 역할과 기능을 수행해야 한다.
　그러나 시인은 현실은 전혀 그렇지 못하다고 역설한다. 시「조
간신문」에서 화자는 작금에 처해 있는 시대현실을 '세상만사 뒤
엉켜 헐떡거리'고 있다고 비판하면서, '세상 잠시 걱정' 하다가
'그냥' 눈감아버리고 '세상으로 들어'가 동화되고 만다. 결국 시적
화자는 '쌓이는 폐지 더미'에 자신을 묻고 제 구실을 못한 '사회
적 거울'에 대한 안타까움을 소리 없는 울분으로 토로하고 있다.

방황을 했다
덧없는 하루 보내며

휴식 없는 꿈
침묵만 강요당할 뿐

보이지 않는
신기루는 멀고

정오의 태양은
기우뚱한 시선을 땅 위에 꽂는다

혼돈스런 현실과는 아무런
상관이 없고
안락한
미래 보이지 않음에
가슴 아파하는
어리석음에
하루를 보내는
이 불안한 시간의 흐름이 멈추는 그 날은 언제일까
　－「모순」전문

　많은 사람들이 쉽지 않은 삶을 살아가고 있다. 몸이 불편해서,
사람과의 관계가 힘들어서, 일이 잘 안 풀려서, 돈이 없어서, 불
안, 공포, 우울 등으로 고생한다. 그만큼 살기가 어렵고 힘들다
는 것이다. 잘 살고 싶어도 그것이 내 맘대로 되지 않는다. 내 마
음 같지 않는 사람들과 내 마음 같지 않는 현실 속에서 망연자실
해지기 일쑤다.

　이 시는 세상을 살아가는 데 있어서 '휴식 없는 꿈'이 없다는
것은 얼마나 암울한 것이며, 더욱이 '침묵만 강요'하고 '신기루
는 멀고' 먼 현실의 참담함을 시적 화자는 가슴 먹먹하게 노래하
고 있다. 시「모순」의 정수리는 바로 인간의 끝없는 욕망의 극치

를 '정오의 태양'과 '기우뚱한 시선' 그리고 '어리석음'으로, 또
'하루를 보내'야 하는 현실은 늘 '불안한 시간'이었고 그 '흐름'은
'멈추'지 않을 것을 알면서도 화자는 '그날'이 반드시 오고야 말
것이란 희망을 갖고 있다.

> 펼쳐드는 신문은 온통 절망뿐이고
> 한때는 흥청이고
> 돈이 마르지 않는다던
> 김사장네 가게도 이사장네 가게도
> 하나 둘 폐업에
>
> … (중략) …
>
> 이리도 현실은
> 멀어진 꿈속으로만 보이니
> 어디서부터 무엇이 잘못되었는지
> 알 수 없는 안타까움이
> 나를 슬프게 한다.
> ─「근황·2003년 11월」일부

시「근황·2003년 11월」은 '절망'과 '안타까움'과 '눈물'이란
낱말이 직접적으로 노출된 감상주의적 비애의 정서가 지배적으
로 드러나 있다. 시어는 때로는 매우 원초적이면서 서정적이고,
감상적이면서도 현실적으로 감정이 경도되어 있다. 인생과 세계
의 모순에 대한 그의 관심은 분노나 항거의 차원보다는 근원적
부조리의 조건이라는 원초적 슬픔에 머물러 있기 때문이다.

이에 따라 김민재는 현실적 문제보다 대상에 투영된 추상적 원죄 의식으로 슬픔을 노래하였다. 그리하여 그의 시적 정서는 내면의 결핍에 상응하는 의식현상의 산물이다.

문학 작품은 여러 가지 가치를 담고 있다. 모든 문학 작품에는 작가의 철학이나 사상이 녹아 있게 마련이다. 작품에는 작가의 세계관이 반영되어 있고, 작가는 개성적인 인간형을 창조하여 그와 같은 세계관을 대변하기도 한다. 그런가 하면 특정 작품이 탄생하기까지의 역사적, 사회적 배경이 또한 일정한 가치를 담을 것을 요구하기도 한다.

특정한 문학 작품이 담고 있는 가치는 시대에 따라 그 평가가 달라질 수 있다. 창작 당시에는 절실하게 요구되었던 가치였다 하더라도 후대에 와서 그 가치에 별로 큰 의미를 부여할 수 없는 경우도 있을 것이고, 반대로 창작 당시에는 대수롭지 않게 여겨졌던 작품이지만 후대에 와서 그 가치가 새롭게 평가되는 경우도 있을 것이다.

그리고 독자의 입장에서는 보편성과 타당성을 중심으로 작품의 가치를 평가하되, 개개의 작품이 제기하고 있는 가치가 현실 상황에 얼마나 유용하게 적용할 수 있는 것인가가 평가의 중요한 기준이 될 것이다.

따라서 김민재의 제3시집 『사랑법 2』는 역사인식을 바탕 한 비애와 슬픔을 동반한 그리움의 정서가 주조를 이루고 있음을 확인할 수 있다. 비애의 정서를 배경으로 하는 대상과의 단절의식, 기다림, 고독한 자세 등은 존재에 대한 회의적 태도, 즉 존재론적 비애의식으로 변주되어 나타났다. 이는 시집 『사랑법 2』가 평단에서 주목받아야 할 이유다.

■ 저자약력

김민재(詩人 · 文人畵家)
號 : 藝島人 仁泉
1963年 전남 진도군 지산면 인지리 인천327 出生
金峰 박행보 선생 문인화 師事

■ 문학분야 활동
* 섬(진도문협전신1981년)문학으로 문학활동
* 한국문인협회회원
* 전라남도문인협회 회원
* 진도문인협회 회원.
* 문학춘추 詩 부문 신인상 수상(1996)
* 제29회 전남문학상수상(2006)
* 전라남도문예진흥기금 선정 전자시집 발간(2005)
* 지역문화예술육성지원사업-문학분야 선정(2019)

[詩集]
『더 이상 갈 곳이 없다』 1997년 발간
『사랑법』 전자시집 2005년 발간

[公著]
『바퀴벌레조차 귀여울 때가 있을까?』
『우리들의 겨울』
『고향이 아니어도 우린 남으로 간다』 외 다수.

■ 미술분야 활동

＊個人作品展 2회 (1985.1989 목포)

＊농아 福祉基金마련慈善展示會 (1990.목포mbc전시실)

＊장애인선교센터 건립기금마련 유명작가초대전(1991)

＊나눔의 집 建立基金마련 高僧名人招待展(1992)

＊전남미협전(2000~2019)

＊한국미술협회 진도지부 회원전(1994년~현재)

＊소치탄생 200주년 기념 진도출신작가전

＊남도전통미술관 기획초대전—바람을 담다—전

＊레일로가는 남도문화바람전(목포역미술관)

＊한국미술협회 회원전

＊전라남도미술협회 회원전

＊단체전, 회원전, 초대전 200회 참여

■ 수상

＊대한민국미술대전(국전)입선 1회 및 특선 2회

＊광주광역시미술대전 입선 및 특선

＊전라남도미술대전 특선4회 및 입선2회

＊전국무등미술대전 특선

＊전라남도미술대전 추천작가

＊대한민국소치미술대전 초대작가, 운영위원

＊남도예술은행 선정작가

＊한국미술협회 회원

＊한국미술협회 전남지회. 진도지부 회원

사)한국문인협회진도지부 회장역임

사)한국예술인단체총연합회 진도지부 부회장역임

진도타래시문학회장역임

사)한국예술인단체총연합회 진도지부 이사

사)한국미술협회진도지부 부회장

■ 주소 및 연락처

전남 진도군 의신면 운림산방로 168-30

H.P 010-3616-8677

FAX (061) 542-0134

E-mail : mjkim4846@hanmail.net

https : //www.facebook.com/mjkim4846/

불교문예시인선 • 030

사랑법 2

©김민재, 2019, Printed in Seoul, Korea

초판 1쇄 인쇄 | 2019년 10월 23일
초판 1쇄 발행 | 2019년 10월 30일

지은이 | 김민재
펴낸이 | 문병구
편집인 | 이석정
편 집 | 고미숙
디자인 | 쏠트라인saltline
펴낸곳 | 불교문예출판부

등록번호 | 제312-2005-000016호(2005년 6월 27일)
주   소 | 03656 서울시 서대문구 가좌로 2길 50
전화번호 | 02) 308-9520, 010-2642-3900
전자우편 | bulmoonye@hanmail.net

ISBN : 978-89-97276-41-7 (03810)
값 : 10,000원

이 도서의 국립중앙도서관 출판예정도서목록(CIP)은 서지정보유통지
원시스템 홈페이지(http://seoji.nl.go.kr)와 국가자료공동목록시스템
(http://www.nl.go.kr/kolisnet)에서 이용하실 수 있습니다. (CIP제어
번호 : CIP2019042012)

**이 책은 문화체육관광부, 전라남도, (재)전라남도문화관광재단의
후원을 받아 발간되었습니다.**